RECETTES VARIÉES

POUR GAGNER

LA CROIX D'HONNEUR.

Sèvres.—Imprimerie de M. CERF, rue Royale, 114.

RECETTES VARIÉES

POUR GAGNER

LA CROIX D'HONNEUR.

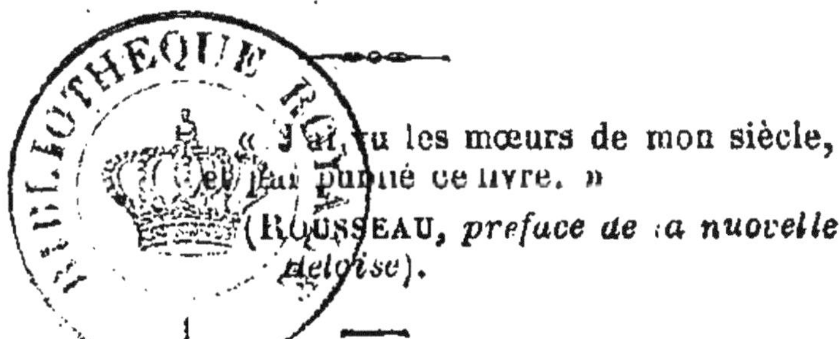

« J'ai vu les mœurs de mon siècle,
et j'ai publié ce livre. »

(ROUSSEAU, *preface de la nuovelle Heloise*).

ÉTRENNES A TOUT LE MONDE

Pour l'année 1847.

PAR

FORTUNATUS.

PARIS,

ALBERT FRÈRES, ÉDITEURS,

67, RUE RICHELIEU.

1847.

UN PETIT RUBAN DE PRÉFACE.

Il est convenu aujourd'hui que personne ne peut se passer de la croix d'honneur, et que tout homme, fût-il très riche, très noble, très savant, très spirituel, très honorable et très illustre, est mal vu en société et dans les rues, voire même réputé indigne d'une parole galante, d'une poignée de main et d'un coup de chapeau, s'il n'est point avantagé de cet ineffable brimborion.

C'est là un fait dont il serait puéril de rechercher les causes.

J'observerai seulement que nos grandes et petites révolutions, en abolissant violemment les titres et distinctions, pour plaire à quelques philosophes oursons, et à quelques manans de démocrates, atteints d'une jalousie et d'une mélancolie jaunes, pourraient bien avoir préparé la réaction de vanité dont nous sommes témoins.

Le peuple français, né glorieux jusqu'à la frénésie ou jusqu'à l'enfantillage, comme on voudra, devait tôt ou tard se demander de quel droit de farouches incompétents s'étaient permis de le dédécorer, et se mettre à retirer avec ardeur ses ci-devant rubans de la vieille drape et ses ex-croix de la vieille ferraille, pour en repaître le revers gauche de son paletot.

Voici un petit livre que je dédie à tous ceux qui, légitimement, maugréent de ne pouvoir encore montrer, à leurs amis et à leurs ennemis, ce qui fait la joie et l'orgueil de tant de gens qui ne les valent pas. Il leur indiquera des moyens infaillibles de conjurer l'avare guignon et de conquérir

l'objet de leur chevaleresque concupis-
cence.

Si, grace à mes révélations, avant dix
ans, comme j'en ai l'assurance, il est impossible de trouver de Lille à Bayonne, je
ne dis pas un seul fils légitime de pair de
France, mais un seul bâtard de marchand
de peaux de lapin, dépourvu de croix d'honneur, je ne demande pour toute récompense nationale, qu'une seule chose: avoir,
pour ma part, la liberté de vivre et mourir
non décoré.

Pardon, si je pousse l'antithèse de l'am-
bition et l'originalité des goûts jusque-là.

* * *

1.

Depuis 1830, la France, allons donc ! le
Monsieur redoutable qui représente, rue de

Jérusalem, l'honnête politique des moyens et les aimables petites raisons d'État, a toujours à héberger, sous les verroux, ou peu s'en faut, quelque hôte illustre : soit un prince, trahi par la fortune et les Maroto dans les plaines de la Navarre; soit un prétendant impérial, échoué au port de Boulogne.

Si donc, en qualité de préfet de département, de commandant de citadelle, de membre de la police spéciale, ou simplement de bon gendarme, vous vous trouvez préposé à la garde d'un pareil ôtage, veillez bien à ce qu'il n'échappe pas, déguisé en ouvrier maçon, avec une planche sur les épaules et une miche majuscule sous le bras, ou point déguisé du tout, et au grand complet de son paletot de ville, de son cheval de promenade, de ses éperons, de ses favoris et de ses petites moustaches.

A la longue, M. Gabriel Delessert et M. Guizot seront tellement charmés que votre vigilance leur épargne le déplaisir de voir un si précieux prisonnier leur faire des cornes par delà la frontière, qu'ils interviendront activement pour vous faire octroyer le ruban rouge.

2.

Mais je suppose qu'il soit, hélas ! bien avéré qu'un royal captif d'État, et, de plus, un vert capitaine, un jeune et audacieux chef de parti ont pris de la poudre d'escampette, sans la moindre politesse, par devant le nez de tous les hauts et petits mouchards du royaume.

Oui, je me donne la douleur de supposer cela. Eh bien ! en cette occurrence, il reste encore à tout homme avisé et ayant du *truc*, un bon moyen de faire quelque chose pour la boutonnière de son habit noir.

Monsieur, ayez l'extrême obligeance de vous transporter au *Journal des Débats*; demandez à M. Bertin qu'il vous prête une plume, de l'encre, du papier, et trois quarts de colonne, puis écrivez :

« La fuite de Cabrera et du comte de
« Montemolin est un fait, mais un fait qui
« ne dépasse point les proportions d'un in-
« convénient... Laissez-nous donc tranquil-
« les avec vos terreurs paniques !... Quand
« je vous dis que maître et serviteur trou-
« veront en Espagne figure de bois ! que
« pas un Navarrais, pas un Catalan ne leur
« offrira une tasse de chocolat et une ciga-
« rette !... O Isabelle ! ô jeune reine ! conti-
« nue de te mirer dans les joyaux de ta
« couronne ! ô courtisans, tout glorieux des

» dépouilles opimes d'une révolution, n'in-
» terrompez pas votre triomphe..! Il n'y a
« rien de changé ni en deçà ni au delà des
« Pyrénées... il n'y a en France, qu'un Ca-
« brera de moins, et en Espagne, qu'un
« Montemolin de plus. »

Certes, ce sont là des paroles du plus ou-
trecuidant optimisme, dont personne ne
sera dupe, derrière lesquelles, au contraire, tout le monde verra percer les plus
insignes venettes et un étrange *delirium
tremens* politique ; mais, c'est égal, notre
bléme ministère, notre ministère à la figure
et au cœur de carton-pâte, estimera qu'elles
doivent furieusement apaiser les mânes des
conservateurs et des croupiers de la Bourse,
et il vous enverra la récompense que vous
savez.

3.

Porter le nom magique de Falempin ou Chambolle ;

Représenter à la Chambre les drôlatiques figures de n'importe quel Quimper Korentin ;

Être appelé à participer, de la langue et du croupion, à la confection de lois sur l'échenillage, les fruits pendant par racines et la pêche de la morue.

Certes, c'est là quelque chose ; mais ce quelque chose ne doit pas suffire à un grand cœur, parce qu'il est écrit que tout député non décoré paraît à la tribune sans produire le moindre effet, se perd sur les bancs dans la foule de ses collègues, et n'est souffert qu'au bout de la table dans les salons Lemardelay.

O vous donc, Falempin et Chambolle, si vous voulez vous compléter à vos propres yeux et à ceux de vos contemporains, souvenez-vous bien de trois choses :

D'user quelques centaines de paires de genouillères sur le pas de porte des ministres ;

De voter à mort en faveur de tous les polissons de Pritchard que l'Angleterre peut nous envoyer d'un jour à l'autre, armés d'une seringue en sautoir et d'un mémoire d'apothicaire ;

Et surtout, quand un membre de l'extrême gauche ou de l'extrême droite voudrait bien prendre la parole, de crier, hurler, japper, miauler, glousser, braire, siffler, beugler, chanter, mugir, bramer, soupirer et rugir ; en un mot, de faire un sabat, comme si deux cents marmots de la place de l'Estrapade avaient été chargés par ordonnance ministérielle de tirer des pétards,

Rompre des chaises,

Casser des noix avec des lattes,

Faire tournoyer des crecelles,

Donner des coups de pincettes dans des tas de ferrailles,

Souffler dans des mirlitons de Saint-Cloud, des cornets à bouquins et des anches de clarinettes,

Battre sur la grosse caisse avec des traversins,

Fendre du bois pelard sec,

Enfoncer des epingles dans les fesses d'une cinquantaine de chats,

Donner des clystères d'eau bouillante à de jeunes porcs,

Ecorcher des anguilles de Melun,

Déchirer dans leur coutures les vieux caleçons et les vieilles culottes de la liste civile,

Hurler la *Marseillaise* et la chanson nouvelle, dont voici un couplet entre mille :

C'est l'général Bugeaud,
A ch'val sur un chameau,
Parcourant le désert
Après Abdel-Kader.
    Larifla fla, fla ! (*bis*).
    Larifla fla fla ! (*bis*).

Ce dernier moyen a une force péremptoire vraiment indicible.

4.

La poésie a été inventée, dit-on, pour chanter les Dieux, la nature, le vin et l'amour.

Erreur, erreur profonde !

La poésie a été inventée pour faire des odes sur la naissance des princes, et par ce moyen conquérir la croix.

Demandez plutôt à M. Théophile Gauthier.

Ce très grassouillet jeune homme vous dira comme quoi un beau jour, désespéré de n'avoir pu gagner ses éperons dans l'ordre de la légion-d'honneur par la préface de *Mademoiselle de Maupin*, quelques centaines de feuilletons trop décolletés, et la création des mots *chocnosophe* et *chicocandard*, il prit son luth et roucoula des strophes du plus dynastique acabit, à la gloire du premier-né du prince royal.

M. Théophile Gauthier est décoré; vous le serez vous-même, si, dans l'occasion, vous faites comme lui.

5.

Un mot peut faire la fortune d'un homme.

M. Odilon Barrot est devenu un Dieu à l'usage des gravescrétins, pour avoir émis cet axiome : que *la loi est athée et doit l'être.*

M. Viennet a été mis au *vert* d'un habit de pair de France pour avoir dit un jour à la tribune : *la légalité nous tue !*

M. de Salvandy se releva tout-à-coup en bosse par cette réflexion profonde : *nous dansons sur un volcan !*

Enfin, Odry-Bilboquet passera à la posté_rité, pour s'être écrié dans les *Saltimbanques*, avec un accent qui n'appartient qu'à son institution : *il le falllloit !!!*

On peut être décoré à aussi bon marché.

Exemple :

On discute solennellement la colonisation de l'Algérie ; très bien ! profitez de la circonstance pour dire à la tribune, dans une brochure ou dans un journal : bah ! bah ! *Nous aurons beau faire, le pays qui fut autrefois le grenier d'abondance de Rome, ne sera jamais pour la France qu'un grenier à coups de poing !*

Autre exemple :

Il s'agit des Iles Marquises ; beaucoup prétendent que nous devons planter notre pavillon et imposer notre protectorat dans ces parages. A merveille ! prenez à votre tour la parole et exclamez-vous ingénieuse-ment : « Messieurs, je ne suis pas de votre avis ; quoi que vous en disiez, les *Marqui-* » *ses* ne sont qu'un morceau de *Vilain* et » bon pour des Anglais. »

Dans le premier cas, vous aurez flatté cer-t aines arrière-pensées de la politique mys-érieuse ; dans le second, vous aurez mis aux anges la couardise de cette même politique au vis-à-vis d'Albion ; un ruban rouge pour Monsieur !

6.

Parbleu, je sais bien que certain conservateur millionnaire, qui demeure en face, prétend que nous jouissons d'une prospérité toujours croissante ;

Que les chiffonniers thésaurisent à la caisse d'épargne;

Que jamais le peuple n'a mangé de plus robustes morceaux de veau aux carottes, avec salade et lapin sauté ;

Que nous vivons tous comme des bienheureux, à l'enseigne de cette belle légende des corps de garde : *liberté, ordre public;*

Que les impôts ne sont que ce qu'ils doivent être, très supportables;

Enfin, que tout est pour le mieux dans le meilleur des gouvernements possibles, et que ce n'est pas la faute au ventre rebondi de ce bon M. Duchâtel si les pommes de terre font *fiasco.*

Assurément de l'avis dudit conservateur millionnaire, qui fait le Possidonius en face, personne n'a droit de se plaindre.

Mais, que voulez-vous? il se trouve toujours des gens qu'on ne peut rendre contents, et qui crieraient encore qu'on les écorche si on les plongeait dans un bain de miel de Narbonne. Ces gens là se sont mutinés hier, sous un prétexte invraisemblable, ils pourraient donc bien se mutiner encore demain sous un autre prétexte tout aussi invraisemblable.

Or, le cas échéant, voici le conseil que je donne à l'apprenti Bugeaud ou à l'apprenti Aymar qui se trouverait chargé de les corriger :

« Mon ami, mon doux ami, mon héros...
» pardon, Monsieur le foudre de guerre
» Monsieur le Tonnerre de Dieu ! frappez
» fort, frappez ferme ! pan ! pan ! en joue !
» feu ! Point de quartier, bel Attila de la
» civilisation, égorge, massacre, incendie,

» fusille, canonne! jusqu'à ce que l'ordre rè-
» gne dans les rues de Lyon ou dans la rue
» Transnonain..... comme à Varsovie! Ah!
» ah! faire passer le goût du pain au pro-
» létaire, c'est le bon moyen de lui appren-
» dre à se dégoûter de ses trois repas par
» jour.

» Et, parce que tu as mis en usage ce
» beau procédé, voici un ruban couleur
» de tes exploits. »

———————

7.

Lorsque par la grace du sabre, du fusil,
des canons et des bombes, l'ordre règne
dans les rues de Lyon ou dans la rue Transnonain... comme à Varsovie, tout n'est pas
encore fini. Bugeaud ou Aymar a achevé
son travail, le Plougoulm doit commencer

le sien ; il s'agit maintenant de faire défiler, par-devant les bonnets carrés de la justice, les gaillards malsains qui ont échappé à la mort sur le champ de l'émeute.

Et c'est à ce moment qu'il y a une belle croix à gagner.

Tu l'auras, Monsieur le Grand-Juge, si tu as bien soin de prouver, à l'aide de périodes ciselées exprès pour la circonstance, et trempées dans le genre impitoyable, que tous ceux que voilà sur la sellette sont des assassins, des monstres d'anarchie, des terroristes avortés, et que la société tout entière est flambée si on ne les détient pas éternellement sous les verroux, si on ne les enchaîne point à perpétuité aux boulets des bagnes, si on ne les décolle point sur la place de la barrière Saint-Jacques.

8.

Sautotrou est républicain ; il a tort.

Sautotrou meurt de faim à encenser l'ombre de la ci-devant *une et indivisible;* quelle duperie !

S'il reste à Sautotrou pour deux liards de bon sens, qu'il abjure son idole, qu'il répudie tous ses précédents, qu'il trahisse ses *frères et amis*, qu'il se jette à plat-ventre aux pieds du juste-milieu ; et il aura une place de sous-préfet ou de percepteur avec la croix par-dessus le marché, pour cacher ses stigmates de Bousingot.

En homme loyal, je dois déclarer que cette huitième et excellente recette n'est pas de mon cru ; je la tiens de Messieurs Barthe et Mérilhou.

9.

Hélas! que j'en ai vus de ces fils de famille, de ces pauvres gentilshommes, ruinés par les révolutions, et réduits à se passer de bretelles, à chausser des vieilles bottines de femmes achetées au Temple, à ressacir de leur propres mains le fond de leurs infirmes culottes, à loger dans un grenier de la rue Mouffetard, et à faire leur principal repas avec deux sols de fromage de tête !

Hélas ! que j'en vois encore qui, malgré une si profonde et si lamentable débine, marchent le front levé, le cœur serein, fidèles à la religion sociale du passé, se battant l'œil du présent et pleins de foi en l'avenir !

Vrai Dieu ! ce sont des niais !

S'ils ne l'étaient pas, ils rompraient tout pacte suicide avec la fanatique obstination de leurs pères ; ils iraient croquer le marmot dans l'antichambre des hommes dont le triomphe les a précisément degommés jusqu'à la racine ; ils iraient gueuser à genoux dans les ruelles de l'administration , où gisent peu t-être quelques spoliateurs de leurs familles ; ils déclareraient vouloir se rallier , moyennant le pour-boire d'un poste à beaux appointements dans la régie des Gabelous, et finalement signeraient le présent acte :

» Nous déclarons rendre foi et hommage
» à l'ordre des choses, et nous engageons,
» foi de gentils-hommes, non-seulement à
» ne point chagriner ledit ordre de choses,
» mais à le servir plantureusement dans
» l'exercice de nos fonctions. »

Je vous demande un peu si cela ne serait pas très-édifiant et si, en sus d'un poste à beaux appointements dans la régie

des Gabelous, ils n'obtiendraient pas le ruban rouge ?

10.

Ayant eu tout d'abord le bon sens et la
haute politique de se mettre du bâtiment
improvisé au lendemain de 1830 , Gachet,
lui, n'a pas à faire le plongeon , pour obte-
nir d'être aussi honorifiquement traité que
le républicain relaps et le carliste apostat.

Il faut donc qu'il use d'un autre procédé.

Mais duquel ?

Du meilleur , que voici :

Gachet doit se faire missionnaire du juste-milieu , cajoleur , enjoleur , débaucheur
d'indépendances, corrupteur de consciences.

Je l'engage à employer ses jours, ses nuits
et ses récréations , à prouver à celui-ci ,

qu'en dehors des conservateurs il n'y a que brigands, voleurs, tyrans et assassins; à cet autre, que ses intérêts, surtout ceux de ses enfants, lui font un impérieux devoir d'accepter la donnée dynastique et de se soumettre à la nécessité.

Et, fichtre! c'est bien le diable, si à force d'éloquence, d'esprit et de sainte rouerie, il ne parvient pas un beau jour à ramener au giron du juste-milieu, un Brutus par le nez et un Chouan par les oreilles.

Cette dixième recette a un inconvénient: si on n'en use point de façon à la faire parfaitement réussir, elle peut attirer des avalanches de coups de triques tout le long de l'individu, et des coups de souliers à tripl couture à l'endroit où le dos change de nom.

11.

Nous vivons sous le régime représentatif,
un superbe régime, ma foi !... C'est bien
prouvé par les miracles de liberté et d'éco-
nomie que j'ai vus depuis 1830. C'est encore bien prouvé par...

Mais, chut ! il ne m'appartient pas d'aller sur les brisées de M. Duvergier de Hau-
ranne, et de discuter le fond et le tré-
fond des choses parlementaires.

Je dois me borner à faire toucher au
doigt l'art de gagner la croix en temps d'é-
lection.

Donc la carrière électorale est ouverte; il
s'agit de faire sortir du scrutin (de Falaise
ou de toute autre cité tout aussi célèbre
chez les loustics), un centrier de bon aloi,
un voteur à tort et à travers, une borne

premier numéro. Prêtez-moi vos ouies et instruisez-vous.

D'abord vous allez recevoir , chapeau bas , vos instructions dans le cabinet du ministre ou dans le cabinet du chef de l'administration locale , et , en prenant congé à reculons, avec force révérences, vous dites: « C'est entendu , je me ferai un religieux » devoir de suivre la tactique que vous ve- » nez de me prescrire (M. le ministre ou » M. le préfet),.. je la crois bonne , puis- » sante, infaillible en bons résultats; veuil- » lez me faire l'honneur de compter sur » mon zèle et sur mes efforts : Vive le » Roi!!! »

Cela fait, vous vous rendez (oh ! mon Dieu, en singe ou en lapin , s'il n'y a pas de place dans la rotonde de la diligence) , au lieu de la lutte. Pas une minute à perdre. A peine débarqué, vous assiégez le bon bourgeois dans sa maison, le bon paysan dans sa chaumière, le bon industriel dans sa boutique, le bon prêtre dans son presbytère, le bon pochard censitaire dans son cabaret.

A celui-ci vous promettez cela.

A cet autre vous promettez ceci.

Bref, en quelques heures d'horloge seulement, vous avez déjà promis :

Bureaux de timbre, de tabac et de poste;

Places de garde-champêtre et de percepteur ;

Bourses dans les colléges et les écoles spéciales;

Exemptions de l'impôt du sang et des exigences du baccalauréat ;

Tableaux et carcasses de Rhinocéros pour le musée,

Tronçons de chemins de fer,

Déséchemens de marais,

Constructions de ponts,

Billets de mille francs et béliers mérinos pour les fermes-modèles,

Chemins vicinaux et plans de marronniers d'Inde pour les communes,

Garnison de cavalerie et Haras pour les localités plantureuses en foin.

Si toutes ces promesses ne réussissent pas à donner la berlue aux électeurs et à leur persuader d'octroyer leurs votes au candidat de choix ministériel ; s'ils penchent encore à nommer le candidat carliste ou républicain, ne désespérez pas pour cela, au contraire; mais passez du grave au sévère.

Profitant d'un jour de foire où tous les citadins de ville et les paysans de campagne sont rassemblés , montez sur la première table qui vous tombera sous les pieds comme à une tribune de forum,

Et, soudain, dans un vrai style
De Bilboquet en courroux,
Clamez : « Messieurs, tremblez tous !
» Bientôt la guerre civile
» Va tout mettre à sang , à feu ;
» Vous êtes f....ichus, corbleu !

» Je ne crains pas de le dire ,
» C'est Monsieur...Monsieur...*Machin*
» Qui porte dedans son sein
» Votre infaillible martyre ;
» Il est plus diable d'enfer
» Ce... *Machin* qu'il n'en a l'air.

» La preuve c'est qu'il est cause
» Que les impôts sont si lourds ;
» Il brûle un cierge tous les jours,
» Pour qu'on en triple la dose ;
» Grace à lui, bourgeois, paysans,
» Au croc vous mettrez vos dents,

» Pour éviter des misères

» Et des désastres de chien,

» Vous n'avez qu'un seul moyen :

» Des honneurs parlementaires

» Expulsez... monsieur *Machin*,

» Au profit... vous savez bien.

» Avec notre bon brave homme,

» Vous ne craindrez plus de voir,

» Un matin ou bien un soir,

» Se dresser l'affreux fantôme

» Des luttes dont le pays

» A si fort souffert jadis.

» Car, pour qu'aucun n'en ignore,

» Je vous déclare hardiment

Que, selon le rudiment

» Du ministère qu'il honore,

» Il veut à tout prix, toujours,

» La paix... Donc prenez mon cœur !

3.

Quand vous aurez parlé avec ce beau *chic* cicéronien, si l'honorable assistance ne se met point à siffler, murmurer, piétiner, sacrer ; si on ne vous régale pas d'un concert de cinq poëlons, de dix pelles, de quinze chaudrons, de 400 sifflets et **de** deux mille lechefrites ;

> Si vaches, chevaux, ânesses,
> Chèvres, canards, bœufs, dindons,
> Poules, poulets et cochons
> Ne se mettent point à vos fesses,
> Pour vous faire en vrai penaud
> Sauter de votre tréteau,

Vive le Roi ! c'est que la foule est charmée, vaincue, et que votre triomphe et celui de votre ours ministériel sont complets.

Et allez donc à Paris, sacrebleu ! dépêchez vous donc, ventre bleu ! puisque je

vous dis que le ministère vous attend avec
une croix au bout d'une caresse !

12.

Le docte Champolloin est mort ; depuis
lors personne en France ne s'est plus oc-
cupé des hiéroglyphes. Je le crois bien !
qui donc, après un pareil maître, se serait
senti capable de déchiffrer les oies et les
canards des obélisques, et de dire au
monde : « Ceci, qui figure je ne sais quoi,
» me démontre péremptoirement qu'en ce
» temps là les Egyptiens faisaient cuire les
» petits pois à la broche.

Et encore : « voyez-vous cette manière
» de chose, qui commence en croc et finit
» en manche de serpette ? hum ! hum ! eh
» bien, j'affirme que c'est l'image grossière

» et mal réussie d'une sorte de forceps, dont
» les médecins de la terre des Pharaons se
» servaient pour opérer l'extirpation des
» chicots chez les vieilles femmes en proie
» à des rages de dents. »

Mais si l'étude des hyéroglyphes est abandonnée, par respect pour l'inconcevable Champollion, qui se berce dans les Champs-Élysées, à l'ombre d'un immortel palmier, de la douce satisfaction de nous en avoir dit le dernier mot, il n'en est pas de même de mille autres monuments ruinés, et bric-à-brac de l'antiquité, sur lesquels les savants qui ont du poil dans le nez et dans les oreilles ont bien le droit de s'exercer.

Par exemple, qui niera que le premier venu puisse, sans être traité de suffisant et de profane, aller fouiller et interroger le cadavre de l'antique Ninive dont on vient de constater l'identité. ?

Partant de là, je dis que celui qui ne dédaignerait pas de faire le grand tour pour arriver à coup sûr à une croix d'honneur, fera très bien d'aller quérir dans la patrie de Nabuchodonosor, soit une ombre de vieux manche à balai, soit un fantôme de pantouffle vermoulue (s'il en reste), et d'en tirer des considérations étonnantes, touchant l'état de la civilisation assyrienne au temps de la baleine du prophète Jonas.

Ne riez pas ! plus d'un décoré ne l'a été que parce qu'il s'était imposé le hardi et patriotique labeur de récolter des vertèbres de chameaux antédiluviens et des pierres d'un tempérament invraisemblable, là-bas, là-bas, tout au bout, *ubi déficit orbis*.

En France nous nous passionnons volontiers pour les choses originaires de pays situés 40 mille lieues plus loin que le soleil levant, et nous imposons à nos gouvernements, qui ne songent seulement pas à dépenser deux doigts de ruban rouge pour honorer les grands génies et les grandes vertus, l'obligation d'en prodiguer des demi-aunes à tout individu qui a pris la fantaisie de déposer sur l'autel des sciences et de la patrie, ne fût-ce qu'un spécimen des cors qui défigurent les pieds des habitants du Kamschactka ou un prépuce de hanneton cochinchinois.

C'est peut-être cocasse, c'est même peut-être scandaleux, mais c'est comme çà.

⸺

13.

A propos de Cochinchinois, vous savez, jeune homme, qu'il existe, place Cambrai, un collége de France dont les titulaires s'élèvent à la puissance d'inqualifiables fesse-mathieu, soit en blaguant littérature du Nord , philosophie de l'histoire et mythes orientaux ; soit en prêchant l'hémistiche homérique et virgilien , la période de Démosthènes et de Cicéron.

Eh bien ! jeune homme, entrez là par la protection de quelque Raoul-Rochette ou de quelque Letronne ; montez hardiment en chaire, proclamez que vous permettez à d'autres d'être Grecs, Latins ou Syriaques, mais que vous seul êtes Chinois, Chinois de la tête aux pieds, et, pour le prouver, donnez incontinent à l'auditoire, en fesant semblant de lire dans le fameux *Choué-Ouen ,* la traduction française d'une petite phrase du genre de celle-ci : *Ta de fou ta de kan ta lou y ki lou lou mao.* Tout le monde sera stupéfié, on s'écriera : « Quel gaillard ! a-« t-il dû passer des nuits blanches, consom-« mer de l'huile, pâlir sur les livres, feuil-

« leter des dictionnaires, s'exposer à des
« hémorrhoïdes et à des coups de sang, pour
« parvenir à savoir que *ta de fou ta de kan*
« *ta lou y ki lou lou mao*, veut dire en lan-
« gue de chrétien : *Oh ! le riz est la nourri-*
« *ture des anges dans le ciel.* »

La stupéfaction ne s'arrêtera pas dans
l'étroite enceinte du collége, elle s'étendra
au loin, et le ministre de l'instruction pu-
blique, jaloux de montrer qu'il a l'œil sur
tous les mérites, et qu'il sait les traiter
comme il faut, vous enverra la précieuse
drôlerie, dont vous serez plus glorifié qu'un
ambitieux de Pékin ne le fut jamais de n'importe quel bouton bleu, symbole des hautes
dignités.

N. B. Ce procédé, qui consiste à persuader à des Français nés malins et inventeurs
du vaudeville, qu'en leur débitant le plus

arbitraire, le plus sauvage et le plus impossible des patois, on leur apprend *ex professo*
la langue des lettrés et des mandarins, sera
éternellement bon, attendu qu'en France
jamais personne n'a su et ne saura le chinois.

14.

La parole est à Juvénal Rabineux, pam-
phlétaire acharné, satirique à douze atmos-
phères, qui passe sa chienne d'existence à
taper comme un sourd sur les vices, travers, sottises, bassesses, folies et incongrui-
tés du genre humain. Silence!

Juvénal Rabineux : « J'ai à dénoncer un
« grand sacrilége! (étonnement général),
« c'est inouï d'audace! c'est inconcevable
« d'impiété! c'est même... trop fort! (on

« rit), Français ! mes paroles risquent de
« vous casser bras et jambes , mais tant
« pis !... (frémissements prolongés). Écou-
« tez-moi donc ! (mouvement d'attention).
« Sachez qu'on vend partout des lithogra-
« phies et des bustes en plâtre du gendre de
« madame Dosne, auxquels on s'est efforcé
« de donner l'expression physionomique de
« Bonaparte ! (gestes de colère parmi les
« vieux de la vieille). Du premier coup, j'ai
« été frappé de l'intention flagrante des ar-
« tistes et un enfant de quatre ans et demi,
« qui se trouvait à mes côtés, s'en est éton-
« né lui-même ! (rires). M. Thiers serait-il
« complice de cette impudente et colossale
« parodie? a-t-il inventé ce moyen de fasci-
« ner les regards de la génération, pour
« rendre un jour son EMPIRE possible? vou-
« drait-il débaucher des souvenirs héroï-
« ques, pour faire croire à son DROIT d'im-

« périal héritage? (longs murmures). S'il
« était vrai, il faudrait, pour le châtier, l'ex-
« pédier tout de suite vers le rocher de
« Sainte-Hélène, qui se trouve vacant de-
« puis la translation des illustres tibias, et
« là le faire éternellement prisonnier dans
« une cage de sapin, en compagnie d'un
« paon écourté et d'une pie voleuse! (mar-
« ques d'approbation). Le nom de M. Thiers
« au bas d'un portrait de Napoléon ! ! ! (ah!
« ah! oh! oh!) Ayez donc un des plus puis-
« sants génies qui puissent remuer la terre!
« Secouez donc un pôle de chaque main!
« Parcourez donc l'univers, emporté avec la
« foudre aux dents, sur les ailes de l'oiseau
« de Jupiter! Forcez donc rois et nations à
« se mettre à genoux devant votre épée
« plantée en croix! Vannez donc dans votre
« giron des sceptres et des couronnes! et
« mourez donc, un jour où l'on n'entendra,

« de la terre au ciel, d'autre bruit que le
« souffle de votre agonie! pour que, vingt-six
« ans après que vos os seront descendus et
« cloués dans la tombe, des lithographes et
« des mouleurs rêvent de vous flouer le mo-
« nopole de votre popularité, en s'efforçant
« de faire ressembler à votre portrait l'en-
« semble foncièrement sapajou de la figure
« chaffouine d'un insecte politique, d'un
« grillon en lunettes!!! (émotion générale et
« impossible à décrire). »

Juvénal Rabineux a fort éloquemment
parlé, il a obtenu un beau succès; à mon
tour maintenant.

Eh bien! je dis que la sortie de Juvénal
Rabineux n'a pas le sens commun; je dis
que Juvénal Rabineux est un franc imbé-
cille de s'étonner, dans un style aussi pin-
darique, que l'on se soit permis de litho-
graphier le gendre de Madame Dosne et de

le couler en plâtre, de façon à le faire ressembler à Napoléon.

Ce fait, s'il est réel, n'est tout au plus qu'une forte innocente galanterie, imaginée par des artistes rapés, afin de s'assurer la protection dudit gendre de Madame Dosne, pour le cas où il reviendrait ministre de l'intérieur et des beaux-arts.

J'ajoute, sans vergogne, que si je n'étais pas de mon état divulgateur de précieuses recettes, mais sculpteur sur bois, par exemple, je saisirais très bien l'occasion d'une commande de saints et de saintes en cœur de chêne, et destinés au pourtour du maître autel de Saint-Vincent-de-Paul ou de toute autre église, pour donner à tous mes sacrés personnages précisément l'angle facial des membres de l'auguste famille royale.

Ainsi saint Philippe ressemblerait à sa Majesté le Roi des Français,

Sainte Amélie à sa Majesté la Reine,

Saint Ferdinand à feu le Duc d'Orléans.

Sainte Hélène à la veuve dudit,

Et, finalement, saint Robert au petit présomptif du trône.

Et, tant pis, si l'on me jetait la pierre, en dépit de la très commode devise : *Honni soit qui mal y pense,* j'aurais accompli avec bonheur un acte de haute et ingénieuse flatterie, et il faudrait bien qu'on me récompensât d'une petite croix d'honneur.

15.

En ce temps-là les actions des *chers camarades* n'étaient pas encore tombées au-dessous du *pair* ; on donnait encore des poignées de mains au ponpon citoyen ; bref,

on passait encore des revues de gardes nationales.

C'était charmant, c'était du juillet pri-
mitif.

Or, un jour, que par une chaleur de 28
degrés Réaumur, certaine légion bien asti-
quée, bien guêtrée, bien culottée, et coiffée
et armée selon la dernière ordonnance, et
propre comme un sol dans toutes ses buf-
fleteries, défilait devant le Roi et un petit
prince, il arriva que le petit prince fut pris
d'un grave saignement de nez.

Sensation générale !

« Le Prince saigne du nez ! » Tel fut le
lugubre murmure qui parcourut les rangs
avec la rapidité de l'éclair.

Témoin de la chose, et voyant qu'en effet
le jeune Prince avait déjà inondé son léger
mouchoir, le caporal Gobillard, garçon
aux idées soudaines et ingénieuses, tire de

sa poche le sien, qui par hasard était de fine batiste, s'avance et dit :

« Pardon, excuse, mais votre Altesse
» Royale ne dédaignera peut-être pas ce linge
» de réchange, ourlé, brodé, lavé et repassé
» par ma brave épouse, à qui ça ferait bien
» de la peine tout de même de vous voir en
» cet état. »

Le Prince accepta en souriant, on applaudit ; mais qu'arriva-il ?

Quarante-huit heures après, le caporal Gobillard vit un aide-de-camp débarquer chez lui, et lui rapporter son mouchoir artistement blanchi, et au milieu duquel se trouvait un ruban rouge avec ce petit billet :

« Le Prince remercie l'excellent caporal
» Gobillard, et lui envoie un petit cadea u
» dont la couleur lui rapellera sa reconnais-
» sance. »

Voilà ce que c'est que d'avoir des idées et des mouchoirs à propos !

16.

Quand le Guano (détritus authentique des chouettes contemporaines du père Adam) fut découvert, tous les patrons de fermes modèles, tous les propriétaires de champs, tous les possesseurs de domaines entonnèrent un *Te Deum in magnis*. C'était à qui aurait du Guano, on en demandait partout, et la simple rigolette, qui cultivait une vulgaire balsamine sur le bord de sa croisée, n'aurait pas oublié de mettre en *proscriptum* au bas de ses lettres : « surt)ut » n'oubliez pas de m'envoyer le plus de » Guano possible. »

Je le crois bien, le Guano devait procurer double récolte et triple floraison par an.

Malheureusement ces traîtres anglais, qui sont toujours là pour nous couper l'herbe sous le pied en toute question de progrès et de perfectionnement, s'y prirent si bien pour accaparer ledit Guano, qu'il en vint en France à peine pour les besoins de M. le duc de Cazes.

Bref, la pierre philosophale de l'engrais nous a totalement passé devant le nez.

Or, les choses étant ainsi, je demande s'il ne tombe pas sous le sens commun que tout particulier, chimiste ou non, que la privation d'une croix d'honneur empêche de dormir, n'a rien de mieux à faire qu'à se mettre à la recherche de quelque idéal immondice, capable de nous consoler de l'égoïste procédé des anglais.

17.

Je parlais tout-à-l'heure de M. de Cazes,

qui seul, dans tout le royaume, peut se vanter d'avoir eu du Guano.

Persuadé du crédit de ce puissant Duc, et de la louable passion qu'il met à encourager les progrès de l'agriculture et de l'horticulture, je crois pouvoir affirmer que, par son crédit, la décoration serait incontinent octroyée à quiconque ferait preuve, *coram populo*, d'un dalhia bleu.

———

18.

Ou d'une rose noire,

———

19.

Ou d'une rose couleur merde d'oie et très puante,

20.

Ou d'un grain de blé pesant un demi-kilo,

21.

Ou d'une courge de la corpulence du bourdon de Notre-Dame.

22.

Ou d'une pêche à quatre noyaux,

23.

Ou d'un tuyau de paille, taillé sur le patron robuste et majestueux d'une canne à sucre arrivée à sa majorité,

24.

Ou d'un prunier chargé de nêfles,

25.

Ou d'un cantalou à la fois à côtes et sans côtes.

26,

Ou d'un œillet d'inde donnant de la graine de pissenlit,

27.

Ou d'une poignée de lentilles , larges comme la tonsure de l'abbé Grivel, aumônier de la chambre des pairs et des condamnés à mort.

28.

Ou d'une branche de laurier ornée de gueules de loups,

29.

Ou d'une espèce de poires mathématiquement carrées,

30.

Ou d'une pomme de terre malade et ren-
due à la santé par l'opération de la vaccine.

31.

Ou d'une belle de nuit affectant, à s'y mé-
prendre la forme d'un bonnet de coton.

J'aurais bien envie d'ajouter : ou d'un
lys, etc., etc..... mais je réfléchis que M.
de Cazes a depuis longtemps abjuré tout
amour, aussi bien que toute estime , pour
cette fleur qui orna le berceau de sa fortune,
et que l'ingrat rayerait impitoyablement
de tout concours à sa récompense nationale
le maladroit qui s'aviserait d'en exhiber pu-

bliquement une variété, quelque prodigieuse qu'elle fût, eût-elle un calice tricolore.

En fait de lys, M. le Grand-Référendaire n'a plus de goût que pour les crêtes de coq.

32.

Dans trois ans aura lieu une nouvelle exposition des produits de l'industrie. Déjà, pour cette époque, le génie français est en-train de réaliser les plus étonnantes merveilles.

Celui-ci travaille jour et nuit à une sorte de perruque, spécialement destinée aux individus coutumiers de fièvres cérébrales, et dite perruque à ventilateur.

Celui-là exécute une machine, dont l'incalculable avantage consistera à écosser en une minute un énorme sac de pois de Clamart en gousses.

Cet autre façonne, pour les voyageurs de nuit, une sorte de canne, dont la pomme éclairée à l'intérieur, par un procédé aussi nouveau qu'économique, scintillera à l'instar d'une lanterne de cabriolet.

Un quatrième, enfin, dispose les pièces multipliées d'un meuble, qui servira à la fois de lit, de commode, de fauteuil, de secrétaire, de guéridon, de bureau de travail et de chaise percée.

Je ne doute pas que les chefs-d'œuvre de ces divers industriels, obtiennent chacun une mention honorable; mais je crois qu'une distinction particulière, une distinction *sterling,* c'est-à-dire la croix d'honneur, serait plus à coup sûr, accordée à l'habile homme qui réussirait à confectionner un bandage herniaire dans la pelotte duquel se trouverait logée une petite musique, que le porteur de la chose pourrait, rien qu'en poussant un petit bouton, faire jouer pour l'apaisement de ses douleurs.

Cette idée est neuve, j'aurais pu m'en réserver le bénéfice, en me munissant d'un brevet d'invention, sans garantie du gouvernement ; mais j'aime mieux la publier, en autorisant le premier bandagiste venu à la mettre à exécution.

Nous ne sommes qu'en 1846 ; d'ici à 1849, date de l'exposition prochaine, il y a temps suffisant pour accomplir le bandage à musique.

Dans les pages qui précèdent j'ai, ce me semble, montré sur le doigt que tout français, vacciné ou non, châtain ou rouge de cheveux, Tom-Pouce ou bel homme, pulmonique ou fort de tempéramment, jouissant de toutes ses facultés ou enrhumé du cerveau, ne peut manquer de conquérir la croix et ses honorifiques dépendances, pour peu qu'il ait un jour le génie, le courage ou le bonheur :

D'être adroit géolier et infaillible argus ;

D'écrire dans les *Débats* un article comme on en voit peu, pour persuader des choses comme on n'en voit guère, à des badauds comme on n'en voit point ;

De se montrer centrier comme feu le père Jacques Lefèvre ;

De prononcer un hemistiche peremptoire en faveur des bédouins ou des anglais ;

De foudroyer des canuts en qualité d'Aymar, ou des locataires de rue Transnonain en qualité de Bugeaud ;

De faire pâlir les triomphes d'un Jeffreys,
en pourvoyant, à l'aide d'un simple réquisi-
toire, les monts Saint-Michel, les bagnes et
l'échafaud ;

De faire châtrer et poinçonner sa cons-
science de républicain ou de carliste à la
douane des apostats ;

D'opérer le ralliement d'un chouan ou
d'un Brutus ;

De fournir, en temps de courtage électo-
ral, un robuste Prichardiste à M. Duchâtel ;

D'aller chercher chez les Samoyèdes, soit
un talon gelé, soit toute autre relique inouïe,
et d'en faire hommage au musée ;

D'imaginer et de professer *coram populo*
un jargon pittoresque, susceptible d'être
pris pour n'importe quelle langue orientale,
par la belle jeunesse dévorée de l'amour des
charabias ;

D'emprunter tous les nez de la famille

royale, pour en décorer et illustrer le *facies* des saints et des saintes du paradis ;

D'avoir la présence d'esprit d'offrir son mouchoir à un petit prince, affligé d'une accidentelle hémorragie;

Enfin d'inventer un miraculeux fumier, un fruit digne des célestes vergers, une fleur angélique, un légume olympien ou un bandage que ne dédaignerait pas une hernie royale.

Maintenant je me hazarderai à indiquer quelques recettes supplémentaires. Hélas! on voit tant de choses par le temps qui court qu'il serait bien possible que la croix d'honneur échût à quiconque s'aviserait :

33.

D'être pendant trente ans magistrat intègre.

34.

Avocat désintéressé, défenseur de la veuve et de l'orphelin.

35.

Homme politique, fidèle à un unique serment.

36.

Ecrivain consciencieux et indépendant.

37.

Patriote dévoué à la prospérité et à la gloire nationales.

38.

Orateur plein de génie et de vertus civiques.

39.

Soldat sans peur et sans reproche.

40.

Savant d'incontestable aloi.

41.

Cet auteur d'un procédé véritablement propice aux progrès de la science.

42.

Père d'une industrie toute au profit du bien être des masses.

—————

43.

Ou encore bon fils, bon père, bon époux, bon français et honnête homme.

P. S. Il est bien entendu que si je garantis l'efficacité de mes trente-deux recettes ; je ne donne les suivantes que pour ce qu'elles valent.

FIN.

—————

NOTA BENE. Il est bien entendu que je ne donne ces dernières recettes que pour ce qu'elles valent.